무지,
나는 나일 때 가장 편해

무지,
나는 나일 때 가장 편해

투에고 지음

arte

MUZI & CON

무지

호기심 많고 장난기 가득한 무지의 정체는
사실 토끼옷을 입은 단무지.
토끼옷을 벗으면 부끄러움을 많이 탄다.

콘

정체를 알 수 없는 콘은 가장 미스터리한 캐릭터.
알고 보면 무지를 키운 능력자로 묵묵히 무지의 뒤를 지켜준다.

▶ 무지

무지는 단무지인 제 본모습을
토끼옷으로 숨겼다.
내가 콤플렉스를 감추기 위해
가면을 만들어 쓴 것처럼.

세상을 살아가기 위한
일종의 방어기제였는지도 모른다.

타인의 따가운 시선이
가슴을 콕 찌르는 비난이
너무도 두려워서.

▶ 콘

콘은 오래도록 우리 곁을
지켜주는 가까운 이들을 닮았다.

여태껏 잘 안다고 믿었지만
살아보니 꼭 그렇지도 않다.

마음이란
알면 알수록
도무지 종잡을 수가 없어서
정말 미스터리 같다고나 할까.

《 Part 1 》

다 잘될 거라고 말하진 않을게

《 Part 2 》

불안은 토끼옷에 달린 꼬리 같아

◀ Part 3 ▶

나는 나일 때 가장 편해

◀ Part 4 ▶

나의 외로움까지 사랑할래

◀ Part 5 ▶

혼자라서 좋고, 함께라서 더 좋은

Part 1

다 잘될 거라고 말하진 않을게

무지
@Muzi_official

시간이 흐를수록
현실에 순응하는 게 쉬워.
노력해도 변하지 않는 것들에 지쳐가니까.

그렇지만 마음 한구석에서는
더 나은 삶에 대한 기대가 희미하게 남아 있나 봐.

아직도 네잎클로버를 찾으려고
토끼풀밭을 두리번두리번 살피거든.

#가끔은행운을기대하고싶어
#네잎클로버 #내꺼야

말하진 못해도
다 잘될 거라고

아버지가 어린 시절 들려주신 얘기에는 토끼가 빠지지
않고 등장해. 시골집 뒤뜰에서 수십 마리를 키우셨거든.
토끼들은 주변에 낯선 사람이 나타나면 귀를 쫑긋 세우
면서 경계한대. 그런데 당근을 줄 때는 일말의 망설임도
없이 우르르 몰려온다는 거야. 불안과 공포가 사라질 만
큼 당근이 맛있다는 거겠지.

문득 나에게도 당근이 있는지 생각해봤어. 바로 지금, 이
순간이야. 온종일 근심 걱정에 젖어 있다가도 이렇게 글
을 쓰고 있으면 아무 생각이 들지 않으니까. 다 잘될 거
라고 말할 수 없는 게 현실이지만, 가끔 버거운 감정들은
모두 잊어버리고 싶을 때가 있잖아.

돼지꿈을 꾸고 나서 그날 바로 복권을 샀어. 인생 역전을
할 수 있을지도 모른다는 기대감에 사로잡혔지. 지갑을
탈탈 털어 스크래치 복권을 긁었는데 아슬아슬하게 빗
나가거나, 한 장 더만 나오더라. 마지막 한 장이 꽝인 것
을 확인하고 나서야 내 마음속 기대도 다 긁혀나갔어.

혹시나 되지 않을까 하는 심리가
때론 사람을 눈멀게 만들어.

그렇다고 아직 포기한 건 아니야. 매주 금요일, 스르륵
인쇄되어 나오는 로또 용지를 받을 때마다 이상하게 기
분이 좋거든. 엉뚱한 가능성이라도 꿈꾸는 순간만큼은

온전히 내 것이잖아. 그래서 우리는 불확실한 것에 끌리는 걸지도 몰라.

로또 일등에 당첨될 확률은 814만5000분의 1이래.
하지만 나는 반반이라고 생각해.

된다,
안 된다.

행운을 행운이라고 말할 수 있는 건

내게 찾아온 우연을

고마운 마음으로 받아들일 수 있을 때.

하
나
,
둘
,
번
지
!

어쩌다 번지 점프대까지 올라간 적이 있어. 먼저 뛰어내
리는 사람의 괴성을 들으니 가슴이 떨렸어. 괜한 호기심
을 탓하다가 내 차례가 돌아온 순간 최면을 걸었지.
'여기는 출구가 없는 낭떠러지다!'

마음속으로 서너 번 외치고 나서 주저 없이 뛰어내렸어.
처음에는 심장이 덜컹 내려앉았지만, 이내 허공을 가르
며 찾아온 짜릿함에 쌓여 있던 스트레스가 다 사라졌지.
얼마나 상쾌하던지 용수철처럼 다시 튀어 올라갈 때는
정말 하늘을 날아오르는 기분이었어.
사람들이 왜 번지 점프를 하는지 알 것 같았어. 안전장치
가 있기 때문이야. 하늘을 나는 듯 몸을 던져도 다시 지

상으로 돌아오게 하는 안전장치, 그걸 믿고 있기 때문인 거지.

탈출하고 싶다가도 돌아가고 싶은 마음,
일상을 벗어나고 싶다가도 그리워하는 마음.

안전장치를 가진 감정들이 날 앞으로 나아가게도 하고,
제자리로 돌아와 나를 토닥이기도 해.

하나만 선택하는 건 언제나 어려워. 내 마음은 여러 개인데, 어째서 하나만 골라야 해?

중
력
보
다

가
볍
게

불안, 우울 같은 감정은
중력보다 더 강력한 것 같아.
가끔은 다리를 잡고 늘어져서 도망치는 것도 힘들어.

방법이 없는 건 아니야.
이 감정들은 너무 무거워서 날지 못해.

일단 가볍게, 내 마음대로
두 발로 스텝을 밟기만 하면 돼.
땅따먹기 하던 때를 떠올리면 쉬울 거야.
그리고 나쁜 감정들을 털어내도록
앞으로 크게 훌쩍 점프만 하면 돼.

0.0000001초 동안의 무중력 상태가 주는 개운함을

두 눈 꼭 감고 기억해두자.

꿈처럼 사라져버리기 전에.

어릴 때 TV에서 초능력자가 숟가락을 구부리는 걸 봤어.
나도 할 수 있을 것만 같더라. 곧장 집에 있는 수저를 하
나하나 꺼내 쥐고서는 눈에 잔뜩 힘을 줬지. 온종일 해봤
지만 될 리가 있나. 고등학생이 되고 우연한 기회에 마술
을 배우면서 확실히 알게 됐지. 그동안 봤었던 신기한 장
면들은 현란한 손놀림과 시선을 돌리는 눈속임이 더해
진 잔재주에 불과하다는 것을 말이야.

근데 그런 잔재주들이 필요한 순간들이 있더라. 매일 아
침저녁 사람 많은 전철 안에서 아무렇지 않게 졸 수 있는
기술이라든가, 듣기 싫은 사람의 이야기를 적당히 듣는
척하는 기술이라든가….

이제 초능력까지는 바라지 않아. 나더러 지구를 지키라
고 해도 부담스러울 테고, 그런 영웅의 운명은 내 몫이
아니라는 걸 잘 알거든. 그저 나의 하루하루를 지키는 데
필요한 잔재주 능력자가 되는 것만으로도 충분히 만족
스러울 것 같아.

수치나 확률을 너무 믿지 않기로 했어.

시작도 하기 전에 겁부터 먹어서

꼼짝도 못하게 되거든.

때론 오감 아닌 육감이

사람을 더 대담하게 만드는 것 같아.

유난히 모든 게 일사천리로 풀리는 날이 있어. 사고 싶었
던 물건을 좋은 가격에 사고, 배가 고파서 무심결에 들어
간 식당이 알고 보니 맛집이고, 친구에게 빌려주고 잊고
있던 돈을 돌려받아서 지갑에 현금도 넉넉한 그런 날.

그런 날일수록 괜히 초조해져. 느긋하게 오늘의 운을 즐
기면 좋을 텐데, 불현듯 찾아온 운이 불현듯 사라져버릴
까 봐. 계속 그 운수 좋은 날을 붙잡아두고 싶어서 말이야.

쪽
팔
린

건

잠
깐

처음에는 뭐든 쉬워 보여도 막상 해보면 달라. 노래방에
서 신곡을 불러보면 알지. 쉽게 부를 수 있을 거 같았는
데 음정 박자를 맞추기 어려운 경우가 꽤 많거든. 그래도
소리를 내지르는 것만으로 속이 뻥 뚫리니 계속 불러보
는 거야. 좀 쪽팔리면 어때. 그때 잠깐뿐이잖아.

정 못 부르겠다 싶으면 취소 버튼을 누르면 그만이고,
그러다가 나한테 맞는 노래를 찾으면 좋은 거고.

일단 해보고 안 되겠다 싶으면 그때 그만두면 돼.

어
떻
게
든

되
겠
지

난데없이 슬럼프에 빠졌어. 일사천리로 진행되던 일들이 하나둘씩 삐그덕거리기 시작하더니 기어코 멈춰버린 거야. 글도 안 써져, 일도 잘 안 돼, 심지어 몸까지 아파.

모든 일을 완벽하게 해내야 한다는 강박 관념이 내 발목을 더 세게 붙들고 늘어졌어. 나에 대한 잣대가 엄격하다 보니 하는 일에서도 자꾸 모자란 점만 보였어. 가시덤불 안에서 양날검을 쥐고 서 있는 모양새였지. 앞을 가로막는 나뭇가지들을 싹둑 베고 앞으로 나아갈 수도 있지만, 내가 다칠 수도 있는 그런 상황 말이야.

슬럼프라 생각한 순간부터 더 슬럼프에 빠졌던 것 같아.

내가 내 말로 스스로를 더 옭아매고 늪으로 빠뜨린 게 아닐까. 스페인어로 '케세라세라 que sera sera'라는 말이 있어. '어떻게든 되겠지'라는 뜻인데, 결과가 어떻게 될지 알수 없고, 미래는 불확실하지만 일단 지금 내가 할 수 있는 걸 해보라는 말처럼 들려.

"케세라세라, 케세라세라, 케세라세라."

자신을 밀어붙이고 초조해지려고 할 때 이 말을 계속 떠올려. 노래를 부르는 것처럼 천천히 케, 세라, 세라, 케, 세라, 세라. 입안에서 단어를 굴리다 보면 혼자서 저만치 달려 나가던 마음이 천천히 걸음을 맞추는 것 같아.

행복해지기 참 쉬워,
"나는 행복해"라고 말하면
행복한 사람이 되는 거니까.
근데 오늘은 그 말을 하기가 왜 이렇게 힘들지?

그 걷
림 는
자 밤
와

함
께

실수는 꼭 짓궂은 그림자 같아. 졸졸 따라다니다가 느닷
없이 나타나. 미처 준비 없이 마주하기라도 하면 도망치
고 싶어지더라. 이런 마음을 알기라도 하는지 한번 나타
나면 이때다 싶어 계속 얼굴을 들이밀어. 실수는 또 다른
실수를 낳는다는 말이 괜히 생긴 게 아닌가 봐.

이미 일어난 일, 자책해봤자 소용없다고들 하잖아. 그림
자를 뗄 수 없는 것처럼 말이야. 어두운 밤 가로등 불빛
따라 꼬리처럼 매달리는 그림자처럼 실수도 그냥 내 일
부라고 생각하는 게 마음 편해. 오늘밤도 나는 그림자와
함께 걷고 있어.

타이밍은 딱 한 번뿐

뭐든 타이밍이 중요해. 컵라면에 물을 붓고 뜸들이는 타이밍만 말하는 게 아니야. 인연이 그렇잖아. 너무 이른 시기에 만났다가 한참 지나고 나서야 몰랐던 것을 깨닫게 되고, 진심을 전하는 시기를 놓쳐 만나고 싶은 사람도 볼 수 없게 되니. 타이밍의 신이 있다면 내게 타이밍을 알아볼 눈을 갖게 해달라고 빌고 싶어.

그 사람을 놓치지 않았을 타이밍,
다른 내가 될 수 있었을 타이밍,
단 한 번밖에 없었을 그 타이밍을….

마라카스 한 쌍을 샀어. 인터넷 동영상을 보면서 팔을 이
리저리 흔들어봤지. 이게 뭐야, 리듬은 하나도 안 맞고,
그저 아령으로 운동하는 느낌이었어. 소리도 마치 주술
을 읊조릴 때 사용하는 장단 같은 거야. 실제로 고대 아
메리카에서 정령을 소환해서 환자를 치유하는 데 마라
카스를 썼다더라. 이참에 나도 주술사가 돼보면 어떨까
하는 생각이 스쳤어.

지금 어디선가 마라카스 소리가
조금씩 들려온다면 분명 주문에 걸려든 거야.
들려? 그 주문 소리.

너무 걱정하지 마,

너무 걱정하지 마,

지금 겪고 있는 아픔이 뭐든

결국에는 다 지나갈 테니.

좋았던 순간의 감정을 그 상태 그대로

캔으로 담아둘 수 있다면 좋겠다.

기억하고 싶을 때마다 꺼내볼 수 있게.

인생은 게임 같아. 태어나서 눈을 뜨는 순간부터 접속이
시작되지. 사람마다 타고나는 능력치는 달라. 같은 시간
노력해도 더 일찍 두각을 드러내는 사람이 있는 것처럼
말이야. 그렇다고 능력치가 계속 고정된 것은 아니야. 환
경이나 의지에 따라서 끌어올릴 수 있으니까.

타고난 능력치가 다른 사람을 따라잡기가 쉽지는 않아.
이 사실을 인정하기까지 꽤 시간이 걸렸어. 나는 월등히
좋지도, 나쁘지도 않은 딱 어중간한 위치였거든. 개미처
럼 부단히 노력만 하면 언젠가 결실을 볼 거라 믿고 싶었
나 봐. 확실히 아니다 싶으면 단념이라도 할 텐데, 그러
기에는 너무 멀리 와서 포기하기도 아깝고.

그래도 괜찮아.

능력으로도 이길 수 없는 게 뭔지 알았으니까.

그건 바로 '운'이야! 운만 한 재능도 세상에 없더라.

놀라지 마.

이 책에는 엄청난 '운'이 깃들어 있어.

넌 지금 행운을 가져다주는 아이템을 찾은 셈이지.

이 페이지를 세 번 문지르면

당신의 운이 상승합니다.

+100

너를 위한 주문을
외워줄게.
너는 무지무지 행운이
넘치는 사람.
네게는 무지무지 좋은
날들만 이어지기를.

Part 2

불안은 토끼 옷에 달린 꼬리 같아

무지
@Muzi_official

부정적인 감정을
이겨내는 게 뭔 줄 아니?

억지로 품는 희망이 아니라
불안도, 우울도 끌어안는 용기야.

내가 모든 날 받아들이면서
비로소 강해지는 거지.

#내마음을안아준다는것
#안아줘요 #폭

어릴 때는 구름이 하늘 위에 있다고 생각했거든. 그런데 막상 비행기를 타고 높이 올라가 보니 구름도 하늘 밑에 있더라. 내가 알고 있던 것들이 눈에 보이는 것과 다를 수 있다는 걸 그때 처음 알았어.

내가 가진 불안과 긴장도
다시 보면 별거 아닐지도 몰라.
모두 내 안에서 비롯된 거잖아.

째
깍
째
깍
깍
째
깍
깍

째깍째깍 소리가 가까워질수록 후크 선장은 부들부들 떨기 시작해. 그의 팔을 삼킨 악어가 저만치서 그를 지켜보고 있거든. 애써 무서운 표정을 지어보지만 사실 혼란에 빠져 있어. 대체 악어가 무슨 생각을 하는 건지, 다가오려고 하는 건지 아닌 건지 종잡을 수가 없어서.

선장은 날카로운 갈고리를 내밀고, 악어는 노란 눈을 번뜩이며 서로 노려보기만 해. 그 둘 사이의 거리는 가까워졌다가 멀어지길 반복하지.

지금도 내 마음속에서
째깍악어와 후크 선장이 눈싸움 중이야.
두려움과 용기가 대치하고 있어.

토
끼
옷
에
　달
린
　꼬
리

제아무리 부족한 구석을 감추고 애써 포장하려고 해도
마음 안쪽 어딘가에서 크고 작은 불안의 파도가 항상 일
렁거려. 마치 토끼옷 뒤에 대롱대롱 달린 꼬리처럼 만날
내 뒤를 따라다닌다고나 할까.
마음 같아서는 가위로 싹둑 잘라내고 싶지만, 그럴 수는
없어. 꼬리가 없으면 중심을 잡지 못하고 금방 넘어져버
리거든. 마치 직감처럼 안전장치가 되어서, 위험한 곳에
불쑥 발을 들이밀지 않도록 막아주기도 해.

토끼옷에 달린 꼬리는 꼭 필요해.
몸이든 마음이든 한쪽으로만 기울지 않게
균형을 맞춰주니까.

마이너스 감정, 플러스 감정,

차가운 감정, 따뜻한 감정,

내 머릿속에는 감정의 양 극단을 왔다 갔다 하는

N극과 S극이 모두 들어 있는 것 같아.

눈
가
리
고
도
망

사람들의 시선 한 번에도 식은땀이 삐질삐질 나고, 머리
는 빙빙 도는 것처럼 어지러워. 초조함이 더할수록 그 자
리에서 숨이 콱 막히지. 혹시나 누군가에게 진짜 내 모습
을 들킬지도 모른다는 생각에 나도 모르게 긴장되나 봐.

그럴 땐 토끼옷이 여러모로 참 유용해. 쫑긋 세운 귀를
내려 눈을 덮어버릴 수 있으니까.

아무것도 보이지 않으면
시끄럽던 마음이 조용해지는 것 같아.

오
늘
은

비
가

오
기
를

미세먼지가 완전히 씻겨 내려가려면
강수량도 풍량도 충분히 높아야 한대.
그래서 오늘도 나는 비가 오기를 기도해.
비야 내려라, 비야 내려라.

자그마한 틈새 사이로
근심 걱정이 새어 들어와도
다 씻겨 내려갈 만큼 비가 내리기를.
온몸이 비에 젖어 감기에 걸려도 잘 이겨낼 수 있기를.

마음 어딘가에서 흘러나오는 속삭임,
못 들은 척하려고 했는데
그럴 수가 없어.
자꾸 마음이 표정을 움직여서.

내
가
나
를
기
억
할
게

기억의 옷장을 활짝 열어봤어. 입지 않아 먼지가 수북이
쌓여 있거나, 요즘도 자주 입는 말끔한 토끼옷들이 걸려
있었지. 문득 옷이 저렇게 많았나 싶더라. 나는 걸려 있
는 옷의 개수만큼이나 사람들에게 각기 다른 모습으로
기억되고 있을 거야.

누군가에는 제법 괜찮은 사람,
누군가에는 고민이 많은 진지한 사람,
누군가에는 슬픔에 젖어 우울한 사람,
누군가에는 상처를 줬던 매정한 사람,
누군가에는 실없이 웃기만 하는 사람,
또 다른 누군가는 나를 책 속의 문장 한 줄로 떠올리겠지.

이제는 알아.

모두에게 좋은 모습으로 남고 싶은 마음은
이기적인 욕심이라는 것을.
그 어떤 모습이든
나를 기억하는 사람은 나뿐이라는 것을.

하
나
도
괜
찮
지
않
아

한때 친구들에게 놀림을 많이 받았어.

겉으로는 맞장구쳐주면서 웃어넘겼지만,

사실 하나도 괜찮지 않았어.

다들 날 우스꽝스러운 사람으로 인식해버리는 바람에

진짜 '나'를 보여줄 기회조차 없었거든.

단호히 말하지 못한 내 잘못일까.

그저 재미로 놀린 친구들의 잘못일까.

이제 와서 잘잘못을 가려서 무슨 소용일까.

하지만 그때로 돌아갈 수 있다면 말해주고 싶어.

그건 내 모습이 아니었다고.

네가 보고 싶은 딱 그만큼만 보였을 뿐이라고.

콤플렉스 덩어리인 내가 너무 너무 싫을 때가 있었어. 겉으로 티는 안 냈지만, 내 모습을 부정하고 싶은 마음이 눈덩이처럼 커져서 감당할 수 없을 정도였지. 현실의 나는 내 눈에 그냥 시시한 엑스트라처럼 보일 뿐이었어. 나부터 나 자신이 못마땅했던 거지.

다들 미움받을 용기를 내려고 할 때, 나는 그냥 나를 미워하는 것으로 모든 문제의 원인을 찾았어. '내가 이 모양이라서', '나는 변변찮은 사람이라서'…. 그런데 문득 자신에게조차 미움받는 내가 딱하다는 생각이 들었어. 나를 미워하고 자책하는 건 너무 쉬운 해결책이라는 걸, 그제야 조금 느낀 것 같아. 어쩌면 나에게는 미워하지 않을 용기가 필요했던 거겠지.

그 사람이 내게 어떤
사람이었는지는
결국 떨어져봐야 알아.

빈자리가 사무치게
그리워질수록
몰랐던 허전함이
물밀 듯이 밀려오니까.

가
장
좋
은
휴
식

굳이 일을 만드는 편도 아닌데 이상하게 쉴 틈이 없어.
쉬는 날이든 아니든 이런저런 집안일을 하느라 꼬박 하
루가 지나가기도 해. 그래서 요즘 내가 생각하는 최고의
휴식은 아무것도 하지 않는 거야.
한동안 평일에는 퇴근하고 집에 와서 절대 청소하지 않
기로 해봤어. 처음에는 이래도 되나 불안하고 초조했어.
버릴 것이나 먼지가 눈에 띄면 당장 휴지통에 버리고 쓱
싹 닦아내고 싶어서 몸이 근질근질했고. 그러다 시간이
지나니까 될 대로 되라지, 하면서 뭔가 내려놓게 되더라.
현관문을 여는 순간부터 이상하게 마음이 편안해졌어.
검게 변한 바나나 껍질, 바닥에 뒹구는 휴지 쪼가리, 먹
다 남은 빵 봉지가 널브러져 내 눈에는 돼지우리가 따로

없었지만…. 일부러 게으름을 피워보는 것도 심신의 건
강을 위해 필요한 일인 것 같다는 생각이 들었어.
바깥에서 예리하게 날 서 있던 감각들이 내 공간에 들어
서는 순간 조용해지는 기분이 들거든. 나름 몰아의 경지
에 이른다고나 할까.

그
러
려
니

노력해도 결과가 바뀌지 않는 경우가 많아질수록
시도해보지 않고 포기하는 일이 많아져.

제아무리 맞추려 해도 맞지 않아
멀어질 수밖에 없을 때

꼬여버린 오해를 풀려 해도
더 헝클어지는 경우가 많을 때

속사정을 털어놓는다고 해서
별로 달라지는 게 없을 때

고심 끝에 내뱉은 말이
말하지 않은 것보다 못할 때

이런 일들이 반복되다 보면
나도 모르게
이제는 '그러려니' 하게 돼.

니체는 하루 24시간 중 3분의 2를

자기 의지대로 쓸 수 없는 사람은

시간의 노예라 말했다.

휴, 오늘도 노예 될 뻔했네.

반사
신경
직
감
이
라
는

예상이라는 화살은
보기 좋게 과녁을 빗나가고
계획이라는 돌담은
순식간에 와르르 무너질 수 있어.

직감은 그런 상황을 대비하는 반사신경 같아.
예상치 못한 일들이 잘못 던진 공처럼 날아올 때
피할 수 있도록 도와주잖아.
운이 나쁘면 공에 맞기도 하지만,
그래도 그 근처는 조심해서 지나가게 되지.

나쁜 느낌은 틀리지 않는다고들 해.

가끔은 직감을 따르는 게 맞을 수도 있어.

꺼림칙한 기분은 무시하고 싶은 마음이 더 크지만,

더 큰 실망감에 빠지는 것보다는

직감이 쿡쿡 찔러주는 수상한 곳을

재빨리 확인해보는 게 속 편해.

내
마
음
은
여
러
개

"검정색과 하얀색 중 무엇을 선택할래?"
"회색."

"낮과 밤 중 언제가 좋니?"
"어스름한 새벽녘."

편협한 이분법은 너무 싫어.
선택지가 두 개뿐인 건 재미없잖아.
나는 차라리 다른 걸 고를래.

'호기심'이 삶의 원동력이 되어줄 때가 있어. 낯설게 반
짝이는 것들을 만질 때 살아 있음을 강하게 느끼잖아. 하
지만 두려움보다 강한 궁금증 때문에 행여나 상처받는
일이 생길까 봐 불안하기도 해. 금지된 상자를 참지 못하
고 열어버린 판도라가 그랬던 것처럼.

그래도 너무 걱정하지 않기로 했어. 걱정은 걱정을 낳을
뿐이고, 호기심 없이 삶에서 무엇도 기대하지 않고 막연
한 불안에 기대어 살고 싶지 않으니까.

뜨거운 것에 손을 댔다가도
화들짝 떼게 하는 반사신경,
위험한 곳은 피해 가고 싶은 본능.
그럼에도 불구하고
자꾸만 다가가고 싶은 이상한 마음.

태
풍
이 오
  는
    날

우르르 쾅쾅.

태풍이 온다더니 어김없이 굵은 빗방울이 떨어져. 잿빛
하늘에서 거대한 천둥소리가 나더니, 번개가 내리치기
시작해. 이내 세찬 폭우와 함께 창밖으로 무서운 광경이
펼쳐지지.
세상에 정말 아무 두려움 없는 사람이 있을까. 저렇게 시
커멓게 구름 낀 하늘 아래서는 누구나 공평하게 작아지
는 기분이 들 거 같아.

그런데 이렇게 비가 내릴 때 집 안이 더 아늑하게 느껴져.
빗물에 어깨나 발이 축축하게 젖지 않아도 되니까,

따뜻한 이불 속에서 빗소리를 들어도 되니까,
방 안이 어두워지면 불을 켜면 되니까.

태풍을 막을 수는 없지만 안도감이 드는 건,
이렇게 사소하지만 따뜻한 것들의 존재감 덕분이야.

알면서도 자꾸 잊어버리는 것들

막연한 이상보다는
현실적인 목표를 찾아.
어차피 돌아오지 않는 것들에는
미련을 두지 않아.
마음을 많이 줄수록
그만큼 아파할 수도 있어.
영원하고 싶지만
영원할 수 없어.

잘 알면서도 자꾸 되풀이하는
내 마음의 모순들.

단
순
한
꿈

초등학교 때 〈피구왕 통키〉를 정말 좋아했어. 매직으로
배구공에다가 불꽃 마크를 그리고 운동장으로 달려가서
친구들과 차례로 '불꽃 슛'을 날렸지. 그것만으로 내가 정
말 만화 속 주인공이 될 수 있다고 믿었어.

그때는 그렇게 단순한 믿음만으로도 주인공이 될 수 있
었는데, 지금은 왜 이렇게 복잡한 걸까? 사실 요즘도 배
구공을 보면 불꽃 마크를 그리고 싶은 마음이 새록새록
솟아나.

같
이

고
민
해
줄
게

누군가가 힘든 일을 털어놓을 때마다 괜스레 미안한 마음이 들었어. 꽉 막힌 속이 뻥 뚫리도록 시원시원한 답을 알려주고 싶었는데, 들어주는 거 외에는 해줄 수 있는 게 없었거든. "내가 같이 고민해줄게"라고 선뜻 말은 했지만, 도통 풀리지 않는 문제를 두고 끙끙대기만 했다고 자책했지.

그런데 있잖아, '고민'의 사전적 의미를 봤는데 기분이 참 이상하더라. 답을 찾는 일이 아니라, 괴로워하고 번민하는 마음이래. 나는 지금까지 조언을 해줘야 한다는 강박에 너무 사로잡혀 있었나 봐.

그런 노력 자체만으로 충분히

상대의 고민을 덜어줄 수 있었던 건데 말이야.

"같이 고민해줄게"라는 말은

그냥 같이 있어주겠단 말이었어.

불안한 나도,
우울한 나도,
감추고 싶은 나도,
드러내고 싶은 나도,
결국 모두
내 안에 있어.

Part 3

나
는

나
일

때

가

장

편

해

무지
@Muzi_official

틀린 그림 찾기는 자신이 있는데,
숨은 그림 찾기에는 영 소질이 없어.

그러니 행복은 일상에
숨어 있다는 말은 하지 말아줘.

보는 눈은 저마다 다르잖아.
나는 나대로 찾아볼 거야.

#내마음이가장중요해

20대에는 어디서든 주목받고 싶었어. 누가 봐도 개성이 강한 패션을 고집하고, 영화 배경처럼 그럴 듯한 곳에서만 사진을 찍었어. 특별한 삶을 사는 것처럼 치장하고 싶었나 봐. 하지만 언젠가부터 그런 게 전처럼 중요하지 않았어. 매번 신경 써야 할 것도 많고, 남에게 보이는 것보다 내가 생각하는 게 더 중요해졌어. 눈부신 스포트라이트가 있어야 꼭 주목받는 삶은 아니라는 걸, 스포트라이트 뒤에는 짙은 어둠도 있다는 걸 알게 돼서일까.

이제는 조용하지만, 존재감이 묵직해 보이는 방법을 터득하기 위해 노력하는 중이지.

쌍
둥
이
꿈

어릴 적 내가 한 명 더 있으면 좋겠다는
상상을 자주 했어.

즐거운 일은 내가 하고,
피하고 싶은 일은
또 다른 내가 대신 해주는 거야.

내 마음대로 살고 싶은 건
그때나 지금이나 마찬가지였나 봐.

알딸딸하게 취기가 올랐을 때나 결핍을 지나치게 포장
할 때 어김없이 '허세'라는 감정이 내게 스며들어. 평소
엔 겸손에 가려 보이지 않다가도 예기치 않은 순간 툭 튀
어나와 버리지.

막상 마음은 그러지 않은데 참 이상해.
인정받고 싶은 본능 때문일까? 누구에게?

그럼 이 감정은 내 것이 맞는 걸까?

오늘도 아침에 일어나 토끼옷을 꺼내 입어.

남들의 눈에는 매일 똑같아 보여도,

때로는 보호막이 되어주기도 하고,

때로는 매력을 더해주기도 하는 내 편 같은 존재야.

모든 사람이 속마음을 있는 그대로 말하게 되는 날이 온
다면, 분명 세상에는 대혼란이 올 거야. 생각만 해도 끔
찍하잖아.

우린 알아.
수많은 웃음 중 반은 가짜라는 걸,
수많은 친절 중 반은 가식이라는 걸,
수많은 말 중 반은 진심이 아니란 걸.

그러니 토끼옷을 입을 수밖에 없는 거라고.
어떻게 보면 모두를 위해서지.

내 버킷리스트에는 세계 곳곳의 명소들이 쭉 올라와 있어. 이집트의 거대한 피라미드, 페루의 공중도시 마추픽추, 크레타 섬의 미노아궁전, 그리고 남극까지. 새로운 곳에서 새로운 나도 볼 수 있을 것 같은 기분이 들어. 나도 몰랐던 내가 있을 것 같은 기대감이랄까.

익숙한 것들에서 벗어나서 새로운 사람들을 만나고 새로운 음식, 새로운 장소를 경험하면서 또 다른 '나'를 발견하게 되거든. 내가 좋아하고 싫어하는 것이 뭔지, 무엇이 나를 즐겁게 하고 힘들게 하는지 다시 탐색하게 돼. 결국 나는 나라는 수수께끼를 풀기 위해 먼 길을 떠나는 것인지도 몰라.

내
마
음
의
두
얼
굴

내 안에는 두 개의 내가 공존해.
상처투성이로 웅크리고 있는 나와
살기 위해 치유하려는 내가.

상처가 많은 나는 평소에 모습을 잘 드러내지 않아. 가끔
은 있다는 사실조차 잊어버리고 살 정도야. 치유하는 내
가 그만큼 열심히 일하고 있다는 증거겠지. 상처투성이
인 내가 고개를 들려는 기색이 조금이라도 보이면 생각
의 주파수를 아예 바꿔버리니까.
서로 다른 '나'들은 사이가 그다지 사이가 좋지 않아. 가
능한 한 마주치고 싶어하지 않거든. 그래도 그 둘이 평화
롭게 만날 때가 있어. 바로 내 진심을 꺼내 글로 기록하

는 순간이야. 이 시간을 통해서 난 비로소 내가 누군지
발견하는 것 같아.

아픈 나도, 치유하려는 나도
같은 목소리로 이야기하는 유일한 시간이라 그런가 봐.

누군가 말했다.
너의 진심을
알고 싶다고.

나는 말했다.
감당할 수 없을 거라고.

어떤 때에는
나도 내가
감당이 안 되거든.

일
인
칭
사
용
법

내가 쓰는 주어들을 봤어.

'부모님이'
'그 친구가'
'그분이'

내 말의 주어는 내가 아니더라고.
늘 다른 사람의 말에 맞추느라
왔다 갔다 바쁘기만 했어.

누구의 말에 맞추든 사람들의 지적은 끝이 없어.
하나하나 신경 쓰다 보면 나는 닳고 닳아 희미해져

100

중심을 잃어버리고 말 거야.

그냥 내 마음대로 살아야겠다.
그게 가장 나다운 거니까.
그게 바로 일인칭으로 사는 거니까.

'나는'
'내가'

말
하
기
전
에

무
조
건
괜
찮
다
고

마음만으로는 뭐든 못할 일이 없을 것 같을 때, 의욕이
앞서서 가끔 잘못된 선택을 하기도 해. '할 수 있어, 나도
할 수 있어. 뭐든지 다 해내고 말 거야!' 그렇게 급한 마
음에 일단 욕심부터 내고 달려. 흘러넘치는 의욕을 연소
시키기 위해 시동을 걸고 불타오르기 시작하면, 세상이
다 내 것처럼 느껴져.

그 기세를 몰아 쉴 틈도 없이 여러 가지 일을 닥치는 대
로 열심히 했어. 그런데 노력한 만큼 언제나 보상이 돌아
오진 않아. 기운만 급격히 떨어져 의기소침한 상태에 빠
져들고 말지. 잘못하면 자존감을 있는 대로 깎아내리면
서 자책감에 시달릴 수도 있어.

그거 알아? 42.195킬로미터 마라톤을 할 때 모든 거리를 반드시 뛰어야 하는 건 아니라는 거? 어느 구간에서는 뛰기도 하고, 어느 구간에서는 걷기도 하고, 잠시 쉬어가는 사람도 있어.

알아. 너도 마음만으로는 전 구간 전 속력으로 달릴 수 있다는 거. 하지만 그래야 꼭 능력을 증명할 수 있는 건 아니야. 마라톤의 목표는 완주니까, 숨이 차서 쉬더라도 페이스 조절이 필요해. 마음의 속도를 조절해주는 거지.

지금껏 수없이 했던 다짐,
막상 지킨 건 얼마나 될까.

그런데 오늘도 나는
새로이 각오를 다지고 있어.

어쩌면 지난날을 잊기 위해
핑계가 필요한 건지도.

웃어 보라고?
남들처럼

남들 앞에서
유독 감정 표현이 서툰 나는
환히 이를 드러내며
웃는 사람들을 부럽게 바라보면서
헤벌쭉 웃는 연습을 해봐.

하하하
역시나 쉽지가 않네,
어딘가 모르게 어색하기만 해.

나는 다른 사람이 될 수 없어.
부끄러워도 그냥 나일 때가 좋아.

나가 장편해 나는 일 나때

아침에 눈을 뜨는 순간부터 하루라는 영화를 찍기 시작해. 주의사항이 하나 있다면 이미 찍은 장면은 다시 찍을 수 없다는 거야. 롱테이크로 계속 이어져서 NG를 내도 다시 찍을 수가 없으니, 실수를 할까 봐 진땀이 날 때도 있어. 내가 어떤 배역을 가장 잘할 수 있을까, 어떤 행동을 해야 관객들이 만족스러워 할까, 보이는 모습에 치중해야 하나, 아니면 진짜 속내를 표현해야 하나, 매 순간이 고민의 연속이기도 해.

역시 연기는 힘들어. 있는 그대로의 내 모습을 봐주는 이들과 함께하거나, 주변을 의식하지 않아도 될 만큼 온전히 혼자 있고 싶어. 나는 나로 있는 게 가장 편하니까.

솔
직
해
서
빨
간
얼
굴

초등학교 때, 좋아하는 짝꿍에게 마음을 전해주고 싶어
서 빼빼로 데이에 과자를 준비했어. 그런데 막상 그 애를
보니 너무 쑥스러워서 도저히 건넬 수가 없는 거야. 언제
줘야 좋을지 몰라서 가방에서 과자를 꺼냈다 넣었다 안
절부절못했어.
힐끔거리면서 그 애를 볼 때마다 콩닥콩닥 가슴이 뛰는
데 얼굴이 홍당무처럼 새빨개지는 걸 막을 도리가 없더
라. 그때 눈치를 챘는지 짝꿍이 그건 뭐냐며 물었어. 순
간 나도 모르게 아무것도 아니라고 하며 뒤에 있는 다른
아이에게 떠넘기듯 던져주고 말았지.

부끄러운 마음은 얼굴에 고스란히 드러나,

도저히 숨길 수가 없어.

나이를 먹어도 그건 바뀌지가 않더라.

어쩌면 내가 가진 감정 중에 가장 솔직한 녀석인 것 같아.

아는 척하지 마.

....

내 얼굴이 더 빨개지니까.

....

그렇다고 모르는 척도 하지는 말고.

비
밀
보
관
함

여태껏 살면서 만들어온
수많은 기억의 파일.
내 가슴속 4단 서랍장 안에
고이 보관해두고 있어.
밑 칸으로 갈수록 보존 기간이 길고
비밀 등급이 높아 잘 열리지 않아.
오로지 허가받은 사람만
꺼내서 볼 수 있지.

남에게 드러내고 싶지 않은 무거운 것들인 만큼
보안을 철저히 유지해야 하니까.

2019 북이십일
도서목록

· 홈페이지 www.book21.com
· 도서 구입 문의 031-955-2100
· 저자 강연 문의 031-955-2723

라이언 내 곁에 있어줘

라이언,
내 곁에 있어줘

전승환 지음

arte

전승환 지음 | 값 15,300원

**2019년 라이언이 주는
가장 확실한 행복** #라확행

출간 즉시 베스트셀러!

"내가 좋아하는 이야기부터 하나씩 시작해볼게.
이젠 나를 읽어줘."

책을 지키려는 고양이
나쓰카와 소스케 장편소설 | 이선희 옮김 | 값 14,000원

책을 좋아하는 모든 이에게 묻는다.
"책이 정말 세상을 바꿀 수 있다고 생각해?"

이 세상의 책을 구하러 떠난 한 사람과 한 마리의 기묘한 모험!
"나는 고양이 얼룩이야. 책의 미궁에 온 걸 환영한다."

너는 기억 못하겠지만
후지마루 장편소설 | 김은모 옮김 | 값 14,000원

"우리가 처음 만난 게 맞을까?
너를 알 것 같은 기분이 들어."
일본 20만 부 판매 돌파, 화제의 베스트셀러!

죽은 사람의 미련을 풀어주고 저세상으로 인도하는
시급 300엔의 사신 아르바이트생 이야기

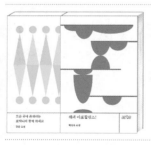

가볍게 지니지만 무겁게 나누며
오래 기억될 소설

아르테 한국 소설선 '작은책'
인터내셔널의 밤 | 박솔뫼 소설 | 값 10,000원
안락 | 은모든 소설 | 값 10,000원
모든 곳에 존재하는 로마니의 황제 퀴에크 |
김솔 소설 | 값 10,000원
해피 아포칼립스! | 백민석 소설 | 값 10,000원

곰탕 1, 2
김영탁 장편소설 | 각 값 13,000원

<헬로우 고스트><슬로우비디오>
영화감독 김영탁 장편소설

가까운 미래에 시간 여행이 가능해진다.
가장 돌아가고 싶은 그때로의 여행이 시작
되었다. '카카오페이지 50만 독자가 열광
한 바로 그 소설'

서가명강

서울대 가지 않아도 들을 수 있는 명강의

서울대생이 듣는 강의를 직접 듣고 배울 수 있다면?

서가명강은 현직 서울대 교수진의 강의를 통해
살아가는데 필요한 지식을 전합니다.

서울대학교 최고의 '죽음' 강의
**나는 매주 시체를
보러 간다**

문과생도 열광한 '융합 과학 특강'
크로스 사이언스

내 인생의 X값을 찾아줄
감동의 수학 강의
**이토록 아름다운
수학이라면**

한강의 기적에서 헬조선까지
잃어버린 사회의 품격을 찾아서
**다시 태어난다면,
한국에서 살겠습니까**

인류 정신사를 완전히 뒤바꾼
코페르니쿠스적 전회
왜 칸트인가

신간

* 서가명강 시리즈는 계속 출간됩니다.

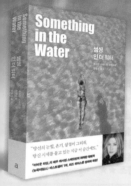

그렇게 밉다가도
막상 얼굴을 보면 마음이 누그러져.

간절히 원하다가도
손에 넣으면 감흥이 덜해.

같이 있을 때는 지지고 볶고 싸우다가도
떨어지고 나면 괜히 허전해.

지금까지 느껴온 감정들은
그때그때 내가 원하는 대로 해석한 거 같아.
같은 감정이라도 상황에 따라 이름이 다른 걸 보면.

땅 땅 –

뭐 든 내 마 음 속 에
들 어 갔 다 가 나 올 때 면
마 음 의 문 앞 에 있 는
종 을 울 려 .

혼
자

추

는

춤

시뿌연 연기와 형형색색의 불빛 사이로 사람들의 모습
이 꼭 환상처럼 보여. 처음에는 얼굴이 빨개졌는데 조명
때문에 아무도 내 얼굴색은 모른다는 걸 알았어. 멍하니
서 있는 게 더 쑥스러워서, 사람들 사이에 섞여서 조금씩
몸을 흔들어.

때로는 혼자 추는 것처럼, 때로는 함께 추는 것처럼 리듬
을 타기 시작해. 그러다 어느 순간이 되면 혼자든 아니든
상관없어져. 몸이 저절로 음악에 맞춰 흐름을 타거든. 춤
을 잘 추지 못해도 상관없어. 이럴 땐 그냥 모르는 척, 미
친 척해보는 것도 괜찮은 것 같아. 사실 사람들도 남들이
어떻게 추는지는 별로 신경 쓰지 않거든.

그 순간만큼은 내일이 없어. 발목을 붙잡던 일들도, 힘겹게 버틴 오늘도 생각하지 않는 거야. 내가 누구인지, 어떤 사람인지도 확 잊고, 그냥 그 순간에 풍덩 빠져버리는 거지. 무대의 불이 꺼지고 내가 사는 세상으로 돌아오기 전까지, 아주 잠깐 동안이라도 환상 같은 순간에 빠져보는 거야.

아무래도 나 음악을 사랑하나 봐.

함께할 때는 오만 가지 감정이 다 드는데

없으면 너무 허전하거든.

알려
주는
것

간
절
한
마
음
이

한때 뭘 먹어도 딱히 만족스럽지 않았어. 정말로 배가 고파서 먹는 게 아니라, 어딘가 비어 있는 내 마음을 채우려고 먹는 것 같았어. 여기저기 맛 좋은 음식들을 찾아다니면서 그 허기를 채워보려고 했지.

그러다 이틀 정도 공복 상태로 있는 훈련을 받은 적이 있었어. 훈련 중에 드문드문 물만 마셨는데 시간이 지날수록 거짓말 안 보태고 정말 눈알이 뒤집힐 거 같더라. 말 그대로 씹히는 거라면 뭐든 다 먹을 수 있을 것 같았어. 걸어가다 잡초 사이로 쑥 같은 게 보였는데 솔직히 뽑아 먹을까 말까 몇 초 고민했어.

그제야 깨달았지. 예전에 내가 느꼈던 허기는 가짜라는 것을 말이야. 그 허기를 채우려면 맛있는 음식을 찾을 것이 아니라, 정말로 간절한 상태가 되어야 한다는 걸.

지금 느끼고 있는 감정들도 과연 진짜일까?
가만히 눈을 감고 생각해봐.
감정은 말로 형용할 수 없을 만큼 복잡해.

너도 나도 무지해

우리는 무지해. 나도, 너도 무지해.
모든 걸 완벽히 아는 사람은 없으니까.
때로는 내가 모르는 걸 수도 있다고,
때로는 내가 틀렸을 수도 있다고
그렇게 전제하고 출발해보기로 했어.

그러면 다수가 손을 들었다고
무조건 옳은 것도 아니지.
'우리'나 '모두' 같은 말로 뭉뚱그려서
누구에게 강요할 수 없어.
지금까지 우리가 모든 걸 다 아는 듯
생각하고 판단했다는 걸 알 수도 있고.

모르는 걸 모른다고 인정하는 게
오히려 마음 편한 방법 같아 보여.
서로에 대해 쉽게 판단하지 않을 테니
토끼옷을 입고 다니는 걸
애써 숨기지 않아도 괜찮을 거야.

두꺼운 담요 속에 숨어 있는 게 편안하기도 해.
이래도 괜찮을까?

후회할지 몰라도

결국

할까 말까 여러 번 망설이다
어렵게 꺼낸 말.

분위기에 취해
술김에 내뱉은 말.

마음속에만 쌓아두고
참다 참다 터져버린 말.

무심결에 던져서
상대에게 상처를 준 말.

얼굴이 빨개질 만큼 부끄럽지만
용기 내어 한 말.

쉬워 보이면서도
참 어려운 말.

어떤 말이든 내뱉으면
후회하게 될지도 몰라.
그런데도 나는 또 말하지.
내 마음은 늘 흔들리니까.

내 기억이 늘 옳은 건
아니더라.
원하는 대로
기억하고 싶어서
마음이 기억을
조작할 때가 있어.
그런데 왜 너한테
실수한 일들은
잊으려고 해도
자꾸 생각나는 걸까?

자
존
감

집
착
병

이 병의 대표적인 증상은 크게 두 가지로 나뉘어. 하나는
자기보다 높은 곳만 바라보며 상대적 박탈감에 휩싸이
는 거야. 올라가고픈 마음에 끊임없이 자신을 채찍질하
거나, 갈 수 없을 거라고 아예 낙담해버리지.
또 하나는 자기보다 낮은 곳만 바라보며 상대적 우월감
을 느끼는 거야. 처한 상황이 나빠질수록 나보다 힘든 사
람을 찾아서 위안거리로 삼지. 어떻게 해서든 현재에 만
족하고 싶은 심리기도 하고, 도저히 만족하지 못해서 합
리화시키고 싶은 심리기도 해.

두 가지 증상은 각기 다른 것처럼 보이지만, 실은 공통
점이 있어. 한번 시작하면 끝이 없을 뿐더러, 전염성까지

있어서 주변 사람들에게도 알게 모르게 영향을 미친다
는 거지.

정말 몹쓸 병이야.
그러니 애초부터
감염을 피하는 게 좋을지도.

얼굴이 빨개질 만큼

솔직하게 이야기해줘서

정말 고마워.

Part 4

나
의

외
로
움
까
지

사
랑
할
래

콘
@Con_official

마음도 고장이 나.

별로 웃기지도 않은 일에
혼자서 깔깔 웃고,
그냥 넘어가도 될 일에
버럭 화를 내며,
별거 아닌 일에도
눈물이 빙그르르 맺혀.

이럴 땐 누가 좀 고쳐줬으면 좋겠어.

#마음도수리가되나요

외롭고 힘든 날에는 누구를 찾아야 할지 모르겠어. 전화
번호부를 뒤져봐도, 그 많은 사람 중에서 누구에게 전화
를 해야 좋을지 도무지 생각이 안 나. 저마다 그럴듯하고
멋진 단어로 나와의 관계를 포장하지만, 다 부질없는 짓
인 거 같아.

사실 이때 가장 필요한 게 뭔지 알아? 나를 믿어주는 거,
나는 앞으로도 괜찮을 거라고 토닥여주고 응원해주는
거, 바로 스스로에게 가장 완전한 친구가 되어주는 거야.
그 순간 내 감정을 이해해줄 사람은 나밖에 없으니까, 일
단 내가 나에게 먼저 손 내밀어주면 어떨까? 내가 나를
달래주는 건 부끄러운 일이 아니야.

세
글
자
메
시
지

요즘 사람들이 가장 많이 쓰는 자음은 '키읔'이 아닐까.
정말이지 여기저기에 다 쓸 수 있잖아.

나는 잘 웃을 줄도 모르고 감정 표현도 서툰 사람이라고
생각했는데 이 자음 세 개를 쓰면서 조금 달라진 것 같
아. 단순한 표현 하나로 제법 여러 가지 감정을 표현할
수 있다는 걸 알게 되었어.

웃겨도 ㅋㅋㅋ, 슬퍼도 ㅋㅋㅋ, 기뻐도 ㅋㅋㅋ, 화나도 ㅋ
ㅋㅋ, 어이가 없어도 ㅋㅋㅋ, 할 말이 없어도 ㅋㅋㅋ, 그저
습관이라 ㅋㅋㅋ, 개수나 상황에 따라 그 뉘앙스도 조금
씩 달라. 웃음이라는 것이 즐거울 때만 새어 나오는 게
아니라서 그런가 봐.

모든 감정을 이렇게 단순하게 표현할 수 없다는 건 알아.
그래도 가끔은 짧은 단어로 많은 감정을 전할 수 있다면
얼마나 좋을까 생각하게 돼.

울고 싶은데
웃음이 실실 나오고,
웃고 싶은데
눈물을 훌쩍거리고.
이럴 땐 대체 무슨
이모티콘을 쓰는 게
좋아?

어떤 이는 나더러 외롭고 쓸쓸하게 살면 안 된다고,
두루두루 어울리며 살라고 한마디하지만
쇼핑하면서 물건 고를 때 남의 눈치보고,
남이 먼저 맛있다고 해야 마음놓고 맛있다고 말하는 나는
사실 혼자일 때 가장 솔직해지는 것 같아.
남의 눈치만 보다 생각까지 눈치보면 어떻게 해?
머릿속까지 참견당하고 간섭받아야 한다면 어쩌고?

어디 사랑할 게 없어서
외로움까지 사랑하느냐고 물어도
어쩌겠어, 이런 내가 나인걸.

혼자 있든 둘이 있든 늘 혼자 같은 기분이라면

외로움까지 사랑해야 완벽하게

홀로서기 할 수 있을 것 같아.

그러고 보면 혼자라는 말, 혼자 있어도 참 세구나.

정말로 그리운 것

누군가에게 반해본 적 있어?
주변에 뭐가 있든 간에 그 사람만 보이고,
어떤 약을 먹어도 달뜬 마음은 진정되지 않아.

그렇게 시작된 관계가 끝나서
사람도 멀어지고 기억도 멀어질 무렵이 되면,
가끔은 한눈에 반했던 사람보다
그 순간의 기분이 더 그리워지기도 해.

아무것도 보이지 않고
아무것도 들리지 않았던,
내가 유일하게 경험한 마법 같은 순간이.

나는 정말 이중적이야. 같이 있을 때는 무심하다가 보이
지 않으면 괜스레 불안해져. 함께 있던 기간이 길어질수
록 떨어지기가 더더욱 힘들어진다고나 할까. 마음 한편
으로는 이런 애착이 혹시나 너에게 부담이 될까 봐 걱정
이야. 그래서 이제는 조금씩 혼자 있는 연습을 해보려고.

참 우습지 않아?

마음이 커질수록 떨어지는 법을
배워야 한다는 사실 말이야.

매일 가시처럼 나를 찌르는 작은 아픔들이

마음을 더 많이 갉아먹는 것 같아.

차라리 눈 딱 감고 주사 한 대 맞는 게 낫겠어.

진
심
이 오
는 순
간

참 묘해.

처음에는 진심이 아니었는데
나중에는 진심이 되고

처음에는 진심이었는데
나중에는 진심이 아니게 돼.

내 안에서 피어오르는
모든 감정이 시점에 따라 변해.

사람을 정의할 수 없기에

마음도 섣불리 단정할 수 없는 게 아닐까.

결국, 내가 믿고 싶은 대로
살아갈 뿐인가 봐.

종이비행기를 빳빳하게 접어서 던져. 여러 가지 요인으로 비행 거리가 달라질 수 있어. 접는 방법에 따라서 더 멀리 가기도, 코앞에 힘없이 툭 떨어지기도 하거든. 던지는 방향과 각도도 중요해.

너에게 종이비행기 접는 방법을 알려주고 싶었어. 멀리 멀리 날려볼 수 있도록, 내가 느끼는 기분을 너도 느껴볼 수 있도록. 둘이 나란히 비행기를 날리면서 이번에는 어디까지 날아갈까, 얼마나 멀리 날아갈 수 있을까 이야기도 나누고 싶었지.

그런데 넌 내 방법대로 하지 않았어. 너무 어렵다고, 하고 싶은 대로 해보겠다고 말이야. 야무지지 못하게 구깃구깃 접은 네 비행기들은 결국 몇 초 날지 못하고 추락

해버렸지만, 그래도 접고 또 접었어. 안 될지도 모르지만 재미있다면서.

그런 널 보는 게 답답하고, 같이 있는데 혼자 있는 것 같아서 섭섭하고. 괜히 비행기 접는 게 재미없어졌는데, 네가 그러더라.

"무지무지 재미있어! 알려줘서 고마워!"

가는 길은 같아도 가는 방법은 달라.
넌 느긋하게 걸어가고,
난 목적지를 향해 직진하고.
그래도 가끔은 저만치서 기다려줄게.

보내는 인사
뒷모습에

너와 내가 길 앞에 서 있어.
도란도란 이야기하면서, 무서울 때는 손도 잡아주면서
그렇게 끝까지 같이 가고 싶은데
우리가 가고 싶은 길은 서로 달라.

각자 길을 나서기 전에 약속했어.
섣불리 지름길을 택하지는 않겠다고.
누군가에게 떠밀려서 가는 길이나
남의 꽁무니만 따라가는 길이나
동에 번쩍 서에 번쩍 줏대 없이 떠도는 길이나
자신을 잃는 지름길인 건 틀림없으니까.

어떤 길을 선택해야 할지는 잘 모르겠지만

그렇게 피해야 하는 길은 확실히 알아두기로 했어.

각자의 마음을 나침반 삼아서,

서로를 응원하는 마음을 든든하게 챙겨서

우리는 마주 보며 손을 흔들었어.

부디 그 길의 끝에

네가 찾던 것이 있길 바랄게.

내 글을 읽고 위로가 되었다는 이야기를 들으면

내 마음도 위로를 받아.

위로는 주는 사람과 받는 사람 모두에게

힘이 되는 모양이야.

이런,
미안
나라서

나도 잘못한 걸 알아. "미안하다"라는 말 한마디면 될 텐데, 막상 너를 마주하면 꿀이라도 먹은 것처럼 입이 안 떨어져. 네가 먼저 장난이라도 걸어서 사과할 타이밍을 만들어줬으면 좋겠다는 생각까지 들 정도야. 그 순간이 너무 싫거든. 애써 어색함을 달래보려 딴청을 피우거나, 갈 곳 잃은 눈동자만 이리저리 굴릴 뿐이니.

감정을 표현하는 일은
왜 이렇게 어려울까.

차라리 나 대신 진심을 전해주는
로봇이라도 있었으면 좋겠어.

158

사람이 서로 주고받는 감정은 크기가 달라. 안타깝지만 똑같을 때가 없는 것 같아. 특히 애정이 클수록 독점하고 싶어지지. 상대의 일거수일투족이 다 궁금해지고, 사소한 것에도 질투가 생겨. 대부분의 사람은 마찬가지라고 봐. 지극히 자연스러운 감정이야.

하지만 상대를 힘들게 하거나 다치게 하면 절대 안 돼. 그 순간부터 그건 질투가 아니라 집착이 되니까. '내가 널 이만큼 좋아하는데, 넌 그게 아니야? 나 좀 섭섭해.' 이런 마음이 들 때, 날 알아달라는 신호로 아주 조금만.

모든 게 새로웠던 시선, 뭐든지 직접 해보고 싶은 호기심. 그걸 되살리고 싶어서 '어른아이'가 되고 싶은 건가 봐.

템
포
조
절

누군가가 박자가 느리다고 해서
너무 억지로 맞추지는 말자.
도리어 더 틀어져버릴 수도 있으니.

일단 다 같이 멈추고 나서
처음부터 다시 천천히 해보는 게 어떨까.

뒤처진 이가 혼자서 따라가려 애쓰는 것보다
그 사람을 위해 모두가
템포를 맞춰주는 편이 더 나을 거야.

봐봐, 이제야 제법 잘 어울리잖아.

가까운 이들의 고집을
꺾을 수 있다고 믿었어.
근데 생각처럼 쉽지 않더라.

도리어 그런 내 모습이
상대방의 눈에는
고집으로 보였을지도 몰라.

희
미
해
지
고

싶
지

않
아

곁에 있는 이들이 내 마음을 너무 몰라줄 때, 세상에 홀로 남겨진 것만 같아. 한동안은 일부러 투명인간처럼 지내면서 사람들과 만나는 걸 이런저런 이유를 대며 피해 보기로 했어. 처음에는 전보다 피곤한 일이 줄어서 좋았어. 그런데 마음 한편으로 텅 빈 기분이 들었어. 세상에서 내가 있어야 할 자리들을 지우개로 조금씩 지워가는 느낌이라고나 할까.

그래서 더 늦기 전에
색연필을 꺼내 다시 나를 그렸어.
누군가에게는 선명하게 기억되고 싶으니까.

크
기
가

상
관
없
는

위
로

정말 신기해. 내가 침울해 있을 때면 우리 집 강아지가 귀신같이 알아차리고 옆에 와서 위로해주거든. 개는 후각이 발달해서 사람의 호르몬 변화까지 냄새로 감지할 수 있대. 보기에는 조그마한데 나를 생각해주는 마음은 나보다 훨씬 더 큰지도 몰라. 누군가를 위로하는 데에 크기나 자격이 중요하지 않다는 것을 새삼 깨달았어.

비록 우리는 너무나 다른 존재라서
서로를 이해할 수는 없지만,
함께한 시간을 통해 교감하는 거겠지.

165

세상에서 가장 슬픈 별이 뭔 줄 아니?
이별이래.
나도 언젠가 널 보면서 이렇게 말할지도 모르겠어.

"한때 알고 지내던 사람이야.
이 별에서."

기
다
려
줘
요

입은 하나고 시간은 한정적이야.
어떤 것을 낚을지 신중을 기해야 해.
크기가 클수록 더 힘든 법이거든.
그 순간만큼 나는 악어가 돼.
시간이 걸려도 느긋하게 지켜보다가
내게 딱 맞는 타이밍을 노리지.

남들은 내가 잠을 자는 줄,
그늘에서 편히 쉬는 줄 알겠지만, 천만의 말씀.
때가 되면 의지와 비례하는 힘으로
목표물을 물고 놓치지 않는다니까.
그러니까 좀 기다려봐.

168

세상에는 일등이 되고 싶어서 수단과 방법을 가리지 않고 교묘한 수를 쓰는 사람들이 참 많아. 정도를 넘어선 사람들을 마주칠 때는 난처하기 그지없지. 넌 선을 넘는 사람들을 보면 일단 앞으로 나서곤 해. 그런 네가 참 대단해 보여.

난 그럴 땐 전면에 나서지 않고, 한 걸음 뒤로 물러나서 다른 승부수를 띄워. 너와 나의 방법이 다른 것뿐, 절대로 무서운 게 아니야.

언제든 맞설 준비가 되어 있으니
때를 기다리는 거지.

진
짜
상
대

휙 하고 휘슬이 울려 퍼지는 순간부터 경기가 시작돼. 축
구는 전반 45분, 후반 45분 해서 총 90분이야. 이 시간
을 사람의 나이에 비유한다면 일 분당 한 살인 셈이지.
지금 당신의 시간은 몇 분을 가리키고 있을까. 아직 전반
도 끝나지 않았거나, 후반을 시작한 지 채 얼마 되지 않
았을 거야. 그러니 시작도 하기 전에 너무 늦었다고 단정
지을 필요는 없어. KFC 할아버지로 유명한 커넬 샌더스
는 환갑이 훌쩍 넘은 나이에 창업했다고 하잖아.

이 경기의 상대는 바로 자기 자신이야. 주변을 의식할 필
요도, 휘둘릴 필요도 없다는 이야기지. 물론 그렇다 해서
너무 무리해서는 안 돼. 도중에 부상을 당하거나 체력 관

리에 실패하면 언제든 교체당할 수 있거든. 그래도 나는 종료 휘슬이 울리기 전까지 온 힘을 다할 거야. '나'라는 상대에게 진심을 다하고 싶어.

힘겹게 정상까지 올라갔어도

다시 내려와야 할 때가 있어.

그때는 스노보드를 타고

속이 뚫릴 것처럼 소리지르며 내려가볼까?

Part 5

혼자라서 좋고,
함께라서 더 좋은

무지&콘
@Muzi_loves_Con

'너'와 '나'
모음이 하나 다를 뿐인데

'울음'과 '웃음'
자음이 하나 다를 뿐인데

둘 사이의 거리는
하늘과 땅 차이.

#너와나 #우리사이의거리

반은 보이지 않는
반만 보이고

항상 곁에 있는데도
도통 무슨 생각을 하는 건지 모르겠어.

너는 주사위 같아.
궁금한 마음에 아무리 던져도
반은 보이지만 반은 보이지 않지.

비밀스러운 네 마음을
꿰뚫어 볼 수 있는 능력이라도 생겼으면 좋겠어.

그러면 네가 힘들어하는지, 기쁜 건지
조금이라도 알 수 있을 텐데.

비
를
맞
아
도
괜
찮
아

이 세상에 나와 백 퍼센트 맞는 사람이 있긴 할까?
내가 또 다른 나를 만나더라도
분명 맞지 않는 부분이 있을 것 같은데.
내가 자신을 대할 때도 갈등은 생겨.
내가 보는 내 모습이 마음에 들지 않아서 끙끙대고
어떻게든 고쳐보려고 발버둥칠 때가 있으니까.

사람들은 다투고 화해하길 반복해.
부슬부슬 내리는 여우비처럼 사소하게 다투는 날도 있고,
거세게 내리는 장대비처럼 크게 싸우는 날도 있어.
나한테도 그동안 정말 많은 비가 내렸던 거 같아.

그 빗물이 다 어디로 흘러가서 어느 땅에 고였을까.
빗물이 고이고 말랐다가 굳어가는 과정이 있어서
내가 딛고 선 땅도 이만큼 단단해졌겠지.
앞으로 또 비가 얼마나 내릴지는 모르지만,
다행히 전보다 두렵거나 불안하지는 않아.

비가 그치고 우리 사이가
더 단단해질 수 있다면야.

애초부터 이해 안 되는 것을
이해하려 하니 어려운 거야.

사람도
세상도
그리고 너도.

텔
레
파
시

우리는 깜짝 놀랄 만큼
말하지 않아도 통하는 순간이 많아.
척 하면 착,
왼쪽이면 오른쪽,
동시에 서로에게 전화를 걸거나,
똑같은 메뉴를 고르기도 해.

어쩜 마음의 주파수가 같을지도 몰라.
'777MHz'

언제 어디서든
연결되어 있을 거야.

시공을 뛰어넘어

차원을 넘어서도

너만 알 수 있는 신호를 보낼게.

응답해줘, 히히.

맥주가 제일 맛있을 때가 언제인 줄 알아? 내 기준으로는 섭씨 4~6도 사이인 거 같아. 컵이 살얼음처럼 차가우면 입술로 전해지는 냉기가 청량감을 더해줘서 답답한 속을 팡 뚫어주지. 미지근해져서 톡 쏘는 맛이 없는 맥주만큼 맥빠지는 것도 없어.

얼마 전에 독특한 맥주를 찾았어. 사워비어라고 맥주가 좀 더 발효하면서 시큼한 맛이 생긴 걸 말해. 신맛이 나면 맥주 맛이 살짝 묘해져. 향긋하거나 구수한 맥주 맛과는 다른 깊이가 생긴 것 같달까? 맥주는 적당한 정도가 지나면 거기서 끝나는 걸로만 생각했는데, 새로운 맛이 생길 수 있다는 건 처음 알았어. 맥주의 풍미란 정말 끝이 없는 거구나.

누군가를 처음 만날 때도 맥주를 마시는 기분이 들어. 관계가 막 시작될 때는 늘 톡톡 터지는 것처럼 짜릿하고 신이 나지. 시간이 지날수록 탄산 빠진 맥주처럼 미지근해지기도 해. 사워비어를 알게 된 후로는 사람과의 사이도 좀 더 느긋하게 대해보기로 했어. 김 빠졌다고, 미지근해졌다고 쉽게 포기하는 게 아니라 천천히 함께하는 걸로.

어쨌든 아무리 좋은 맥주라도
혼자 마시면 재미가 없더라.
좋은 사람과 같이 마실 때 더 맛이 나는 것 같아.

보이지 않는 걸 믿고
싶어하는 사람과,
과학적으로 증명된 것만
믿겠다는 사람,
그렇게 서로 다른
사람끼리 친구가 될 수
있었던 건,
아무도 관심 없는
서로의 관심사에
관심이 가서.

풋, 친구의 실수 때문에 웃음이 터졌어. 모르는 척 넘어
가려고 했는데, 눈이 마주친 순간 너 나 할 것 없이 눈물
콧물 나올 정로도 배를 잡고 웃었어.

너도 그거 알지? 어디 하나 흠잡을 데 없이 완벽한 사람
보다는, 완벽한 줄 알았는데 커피를 마시다 흘리는 사람
에게 더 호감이 간다는 심리학 법칙 말이야. 뭐, 우리가
겨우 하나만 부족한 건 아니겠지만, 어쨌든 실수가 호감
을 주는 계기가 되기도 한대.

아마 완벽하지도 않고, 실수도 하는, 그렇게 닮은 서로의
모습 때문에 우리 사이가 더 가까워졌나 봐. 가끔은 부족
함이 관계를 더 완벽하게 만들어주는 거지.

그러니 우리 서로를 보며 웃자.

관
계
에
서

지
킬

것
들

1. 약속 시간에 늦지 않는다.

2. 거짓말하지 않는다.

3. 서로를 험담하지 않는다.

4. 말하기 전에 한 번 더 생각한다.

5. 상대방의 감정이 어떤지 생각해본다.

6. 힘든 일일수록 함께 하려고 노력한다.

7. 서로의 비밀을 남에게 이야기하지 않는다.

8. 가까운 사이라도 적당한 선을 지킨다.

9. 위의 여덟 가지를 꼭 지킨다.

살면서 내가 중요하다고 확실하게 말할 수 있는 아홉 가지. 사람과 사람 사이가 오래갈 수 있는 비결은 생각보다 단순해.

의미심장한 너의 상태메시지에

어제 밤잠을 설쳤어.

그 짧은 문장에서

나와의 연결고리를 찾고 싶었거든.

어긋난 마음 틈으로

싸우고 싸우다 지치면
언젠가부터 꿀 먹은 벙어리처럼
아무 말도 안 하게 돼.
머릿속으로는 서로의 잘못만 탓하면서
내가 옳은 이유, 네가 틀린 이유만 곱씹지.

그런데 입을 꾹 다물고 있다 보면
숨도 못 쉬게 답답해지더라.
그러니 슬쩍 눈치도 보고, 말을 걸 타이밍을 재보기도 하고,
내가 이건 좀 잘못했나? 싶은 생각도 해봐.
먼저 사과해야 되나 말아야 되나
자존심도 들었다 놨다 해.

어쩌면 좀 더 나아지길 원하는 마음에
그렇게 다퉜던 건지도.
용기 내서 먼저 미안하다고 말을 건네면,
그 마음 틈 사이에서 뭔가 자라나는 모양이야.

조금 우습지만, 어긋난 틈 사이로 톱니 같은 게 돋아나서
마음 두 개가 도르르 도르르 굴러간다나.
그렇게 두 사람의 관계가 한 바퀴 더 나아간다나.

널 보면 어쩜 그렇게 감정 조절을 잘하는지 부럽기도 하고, 궁금하기도 해. 내게 너는 오히려 어떻게 있는 그대로 감정 표현을 할 수 있느냐고 되물어오지.

웃으면 웃을수록, 슬프면 슬플수록 내면의 얼굴이 밖으로 '짠' 하고 드러날 뿐이야. 나에게는 감정을 숨기는 게 더 힘들어.

우리는 서로에게 없는 부분을 부러워하는 것 같아. 그러니 너랑 나는 꼭 같이 있어야 하는 거 아닐까? 서로에게 없는 부분을 채워줄 수 있을 테니까.

시도 때도 없는 너의 애정 표현이 쑥스럽기도 해. 하지만
사랑받는다는 기분을 듬뿍 느낄 수 있어서 좋아. 무뚝뚝
한 나는 그러지를 못하니까. 정반대 성격인 우리가 감정
을 주고 받을 수 있다는 건 행운이라고 생각해.

너와 만난 덕분에 배웠어.
관계에 나를 억지로 맞춰나가는 것보다,
솔직하게 마음을 나누는 일이 더 중요하다는 것을.

나는 네가 될 수
없지만,
너처럼 웃어보고,
울어보고 싶을 때가
있어.
그럼 네 마음에
조금이라도 가까워질 것
같아서.

당
신
품
의

온
도

"괜찮아", "힘내"라는 형식적인 말보다 조용히 안아줄
때 더 위안을 느껴. 품 안에서 전해지는 작은 온기가 그
어떤 차가움도 녹일 수 있을 것 같거든.

지나고 나서야 알았어.
굴곡 없이 살아온 이들보다
아렸던 상처를 간직한 사람이
더욱더 크게 보듬어줄 수 있다는 것을.

아픔의 크기가 어떻든 간에
진정 마음으로 공감해줄 수 있으니까.

혼자서 무언가를 꿈꾸는 일이
하나의 별이라면

다 같이 무언가를 꿈꾸는 일은
반짝반짝 빛나는 별을
여러 개 흩뜨려 놓은 것과 같아.

빛의 밝기는 제각기 달라도
하나하나 모이다 보면
은하수처럼 커다란 세계가 되겠지.

마음에도 응급조치가 필요할 때가 있어.

도움이 필요할 때는 빨리 대처해야 해.

그러니까 언제든 나한테 연락해.

특
별
함
의

확
률

힘들 때 내 편이 되어주는 사람,
세상에 치일 때마다 보고 싶은 사람,
삶에 지쳤을 때 휴식이 되어주는 사람,
별다른 대화를 하지 않아도 편안한 사람.

너는 정말이지
추운 겨울 주머니에서 빼놓을 수 없는
핫팩 같은 사람.

이제는 알아.
세상에 수많은 사람들이 있지만
너 같은 사람을 만날 확률은 희박하다는 걸.

너랑 나는 여러 가닥의 실로 아주 섬세하게 이어져 있나
봐. 네가 조금이라도 아프거나 힘들면 이상하게 나도 덩
달아 아프고 힘들어. 그래서일까. 항상 너에게 손 내밀어
주고 싶고, 기댈 곳을 내어주고 싶어.

가끔은 그 실이 붉은 색이 되어 눈에 보였으면 좋겠어.
꼭 말로 전하지 않아도 내 마음을 네가 보고, 안심할 수
있도록. 그 실이 지나가는 자리마다 내 마음에 새살이 돋
아난다는 걸 알 수 있도록.

잇
지
않을
게

언젠가
내리는 이 비도 그칠 거야.

마지막 빗방울이 떨어질 때까지
묵묵히 곁에 있어준 이들에게
꼭 고맙다고 말해주고 싶어.

'나'라는 색 하나로도
그림을 그릴 수 있지만,

서로 다른 색을 가진 '우리'가 함께했을 때
더 아름다운 그림을 완성할 수 있어.

지금 그 미소를 잃지 않았으면 좋겠어.
그래서 너에게는 아름다운 것들만 보여주고 싶어.
나머지는 내가 다 봐줄게.

내 안에,
그리고 당신 어딘가에
숨어 있을 '무지'와 '콘'을 담다.

▶ 투에고

KAKAO FRIENDS x arte

"내가 좋아하는 이야기부터 하나씩 시작해볼게.
이젠 나를 읽어줘."

당신의 모든 날을 함께하기 위해
카카오프렌즈가 찾아왔습니다.
선물 같은 그들의 이야기를 하나하나 들어주세요.

위로의 아이콘, 듬직한 조언자
라이언

/

라이언, 내 곁에 있어줘
with 전승환

어디로 튈지 모르지만
사랑스러운 악동 어피치

/

어피치, 마음에도 엉덩이가 필요해
with 서귤

화나면 미친 오리가 되는
반전 매력의 소유자 튜브

／

튜브, 힘낼지 말지는 내가 결정해
with 하상욱

토끼옷을 입고 다니는 무지
&
악어를 닮은 정체불명의 콘

／

무지, 나는 나일 때 가장 편해
with 투에고

●

그리고 네오와 프로도, 제이지…
매력 넘치는 그들의 이야기는
계속됩니다.

무지, 나는 나일 때 가장 편해

1판 1쇄 인쇄 2019년 10월 1일
1판 1쇄 발행 2019년 10월 8일

지은이 투에고
펴낸이 김영곤
펴낸곳 아르테

문학미디어사업부문 이사 신우섭
문학사업본부 본부장 원미선
책임편집 이지혜
문학기획팀 이승희 김지영 인수
문학마케팅팀 민안기 임동렬 조윤선 배한진
문학영업팀 김한성 오서영 이광호
홍보팀장 이혜연 제작팀 이영민 권경민

출판등록 2000년 5월 6일 제406-2003-061호
주소 (우 10881) 경기도 파주시 회동길 201(문발동)
대표전화 031-955-2100 팩스 031-955-2151

ISBN 978-89-509-8356-7 / 03810
아르테는 (주)북이십일의 문학 브랜드입니다.

(주)북이십일 경계를 허무는 콘텐츠 리더
아르테 채널에서 도서 정보와 다양한 영상자료, 이벤트를 만나세요!
네이버오디오클립/팟캐스트[클래식클라우드]김태훈의 책보다 여행
페이스북 facebook.com/21arte   블로그 arte.kro.kr
인스타그램 instagram.com/21_arte   홈페이지 arte.book21.com